KB061505

너가 읽지 않을 것을 알기에

인창

추천 서문

  시를 쓴다는 것은 절제와 여백의 아름다움을 이해하는 것이다. 더불어 마음을 빼곡히 다 드러내지 않아도 나의 이야기를 온전히 헤아려 달라는 바람일 수도 있다.

  아직 스무 살도 채 되지 않은 저자의 나이는 봄처럼 푸릇하나 그의 시들은 마냥 푸릇하지만은 않다. 무엇이 그의 마음에 이토록 성숙하고 농익은 심상들을 자라게 한 것일까? 앞으로가 더 기대되는 박인창 시인의 첫 시집 발간을 진심으로 축하하며 추천의 글을 전한다.

이현정(고려대 교육학과 연구교수)

목차

산 끝에 있는 너

어쩌면 이미 떨어진 낙엽이고

어차피 언젠가 떨어질 낙엽

그 사실이 나에겐 작은 위안

나의 마음은 나의 물길 따라서

돌에 나무에 부딪히며 나의 물길 따라서

가늘어진 그 물길은 산 경사에 발맞춰

옅게 흘러가니

그 물길이 끊길 때까지만

나의 마음은 나의 물길 따라서

너에게로

세상살이

사랑과 아픔

번뇌와 오만

욕심과 질투

이 모든 것을 담고 한철을 날아다니는

저기 저 하루살이

나와 참 많이도 닮아 있구나

나를 보다 보니

내 눈이 담아낸

작은 하늘은 잿빛

내 그릇에 담아낸

과일마저도 잿빛

흑과 백, 나의 도화지

그 위에 너

좋은 것이든, 나쁜 것이든

그 위에 너

어린 나의 도화지 위에는

18색 크레파스

지금 나의 도화지 위에는

너

너무 일찍 온 그대

여름에 피어야 할 꽃이

겨울에 피어 버렸다, 활짝 피어 버렸다

아아 어찌해야 하나

이를 어찌해야 하나

이미 피어 버린 봉우리를 닫을 수도 없고

여름에 다시 태어날 수도 없으니

아아 어찌해야 하나

이를 어찌해야 하나

미움

떠날 때 웃음 지었던 것이 문제였던가

그리 나는 모두에서 너를 보는가

차라리 울어 보냈더라면

이들이 나를 보고 웃지도 않았을 것을

그 앞에 멈춰 서서 울지도 않았을 것을

이제야 생각한다

늦어서 후회한다

만취

세상은 너와 같아서

본래 사랑스러운 것이지만

때로는 두렵기도 하네

풍겨 오는 달콤한 향기에 취해

무심결에 떠다니는 먼지마저 들이켜다

날이 밝아 오면 시름시름 앓아눕는 나는

저녁 되면 다시금 곤드레만드레

물놀이

아이야, 물장구를 그만 치려무나

너의 발에 맞춰,

잠을 자던 물고기가 깨었구나!

목 축이던 황새가 놀랐구나!

아이야, 이제 그만 단잠에 드려무나

그래야만

물고기는 눈을 감고

황새는 집에 오겠지

마음은 꽃들판

꽃을 세었다

활짝 핀 달래꽃의 이름을 불렀고

그 옆에 난 달맞이꽃의 이름도 불렀다

하늘이 푸르구나!

아직 못다 핀 꽃의 이름

잎이 지고 있는 꽃의 이름

차마 이 생에는 피지 못할

너의 이름도 불러 보았다

바라만 볼게요

이 얼마나 모순적인 세상인가!

모두 자신만의 매혹적인 장미 꽃잎 뒤에

성질이 돋친 가시 줄기를 가졌으니

꽃잎에 현혹되어 한풀 꺾었다가는

여기 찔리고 저기 베이고 하는 것이다

그래서 나는 예쁠수록

더욱 멀리서 바라보는 습관이 생겼나 보다

이유 따위

별일이 아니어도 보고 싶고

별일이 아니어도 걱정되고

별일이 아니어도 전화를 하고

별일이 아니어도 안고 싶은

너를 사랑한다

사랑하기에 그렇다

나뭇가지 끝에서

바람에 흩날리는 잎을 어찌 욕하겠소?

그저 다가오는 세상에 발맞춰 춤춘 것일 터이니

왼쪽으로 흔들리다, 오른쪽으로 흔들리다

때가 되면 손 놓고 우리의 정다운 나무를 떠나는

그대를 내가 어찌 욕하겠소?

그대의 작별 인사는 내 가슴에 고이 모셔 놓고

언젠가는 하늘에 드리리

덧없는 날들

그렇기에 찬란했던 나의 세상

두고 온 것

후회가 없다 한들

어찌 아쉬움이 없겠습니까?

그 마음 무시하지 못하여

이따금씩 문 활짝 열어 두고

그 앞에서 울다가 웃다가 합니다

그리하여 기력이 다하면

다시 그 문을 고이 닫아 두고

천천히 한 발씩 내일을 향해 디뎌 보곤 합니다

흩날리는 우리

빗방울들이 그려 내는

수많은 동그라미

거기서 나는 어머니를 보고

거기서 나는 아버지를 보고

거기서 나는 너를 보고

거기서 나는 나를 보고

몇몇은 커다란 동그라미

몇몇은 자그마한 동그라미

크고 작은

내가 보는 모든 것은

또 하나의 동그라미

작은 것

숲을 보지 말자고

나무를 보자고

나무를 보지 말자고

나비를 보자고

나비 없는 숲은

무엇이 그리 예쁘냐고

6월의 어느 날

밤하늘을 나 보듯 봤다

오늘은 달님도 가신 듯하다

먼 가로등 빛만이 인사를 건네고

이마저도 곧 꺼질 듯하다

스치우는 대화 말들은

이따금씩 나를 깨웠고

그럴 때면

손아귀에 잡힌 나의 주름들을

여느 날의 별 보듯 보았다

무단 횡단

신호등이 붉게 물들어 있는데

내 눈이 담은 빛은 푸른빛

우리 사이 새기어지던 발자국들은

반절도 못 가 숨이 죽었네

이제야 코끝에 들려오는 붉은 향기

어찌하리 이 모두 내 탓인 것을

우산

비가 오면 비를 맞다

해가 쬐면 해를 막다

날이 좋으면 서랍장 한편에서

조용히 나를 기다려 주는 그녀가

나는 참 고맙다

바람을 타고

내 찢어질까 무서워 한 번도 꼭 쥐어 보지 못한 하얀 꽃 한 송이

그 하얀 꽃 한 송이가 내 눈앞에서 저 멀리로 날아가고 있네

잔잔한 바람에, 포근한 햇빛에 몸을 맡긴 듯

어여쁜 잎이 하나, 둘씩 떨어지며 저 멀리로 날아가고 있네

작별을 고하기는커녕, 아직 인사도 제대로 하지 못하였는데

스르륵 불어온 바람에 어느새 잡을 새도 없이 멀리 떠나 버렸네

그럼에도 그대가 어렴풋이 짓는 옅은 미소를 보며

내 손을 꽉 움켜쥐고는 똑같이 미소를 지어 하늘에 날려 보내네

행여나 내가 저 넓고 푸른 하늘에서 그대를 만난다면

행여나 그때에도 여전히 그대가 나의 얼굴을 기억한다면

내가 그대 이름을 목 놓아 부르리

그리고 어여쁜 잎이 다 빠져 버린 하얀 꽃 한 송이 위에

나의 두 손 살포시 포개어 놓으리

해양장

내 몰랐소

당신의 마지막을 보기 전까지

인간은 그저 한 줌의 흙인 것을

세상 그리 거창하지 않은 것을

잘 가시오

드넓은 바다에서 잠깐이라도

밝게 빛나 주시오

보내는 편지

너를 향한 입맞춤

그것은 나의 외로움

너를 위해 쉬는 숨

그것은 나의 그리움

우리 둘이 마주 잡은 손은

세상을 물들이고

파란 하늘 하얗게 칠해 놓으니

이는 그저 나의 작은 쉼표이고

마침표를 향해 가는 여정일 뿐이다

푸르른 하늘 아래에서

뜻 없이 부유하는 그대에게

가난뱅이

풍요에 젖은 아침은

가난한 마음을 욕하는 듯하다

그 보잘것없는 차림새

비싼 옷감으로 가려 놓았으니

누가 눈살 찌푸리겠냐마는

내 안에 사는 못난 까마귀들은

날이 끝나도록 지저귀는구나!

조건 없는 사랑

나무가 물었다

고이 맺힌 열매를 주며 물었다

언제 다시 올 거냐고 물었다

참새는 말없이 날아 하늘로 가더라

그러자 나무가 환히 웃었다

무엇이 그리도 좋은지 웃고만 있더라

습작

너는 나의 습작

한 자 두 자 진심으로 써 내려갔지만

끝내 갈무리 짓지 못한 사랑

괜찮다

나의 새로운 글귀는 그대를 본떠 만들 테니

우리의 이야기는 멀리 가지 않을 테니

시로 남아 버린 그대

시 한 편 잃어버리는 것이 뭐 그리

대수냐고 묻는다면

나의 귀한 추억이라 그렇다고 대답하리

찰나를 평생에 써 놓았다고 대답하리

너를 잃어버리는 것이 뭐 그리

대수냐고 묻는다면

아직 추억되지 않은 그대기에 그렇다고 대답하리

평생과 바꾸지 못할 찰나라고 나 대답하리

나의 거울

길을 걷다 본 꽃이

나를 보며 웃는 듯했다

근데 그것이 아니더라

꽃이 아니라 내가 웃은 것이더라

그래서 나의 기억 속 너는

언제나 활짝 웃고 있더라

달을 바라보며

당신의 존재만으로도

나에게는 기쁨이고

나의 존재만으로도

그대는 사랑받기 위해 태어난 사람

내 어릴 적 자장가

귀에 들려오던 노랫말

당신은 사랑받기 위해 태어난 사람

단 하루의 기록

너를 사랑하다 그리워하다

그리워하다 미워했고

미워하다 잊었었다

잊었었다 떠올렸고

떠올렸다 슬퍼하다

슬퍼하다 추억했고

추억하니 사랑하지

않을 수가 없더라

고백

그대가 나의 마음을 몰라주는 듯해

스치우는 밤바람에게 노래했고

떨어지는 빗방울의 손을 잡고

건물 벽에 기대 슬피 울다

해가 차오르면 집을 왔다

그렇게 너가 나의 하루를 가득히 채우고 나면

봇물 터진 나의 하루를 너에게 들려주었다

여름아 오너라!

소복이 쌓인 눈 위

너의 발자국이 여러 개

하루를 기다리고 이틀을 기다려도

너의 발자국이 여러 개

겨울이 이리도 길었는지

강바람이 이리도 추웠는지

두어 번의 계절이면

모오든 추위가 녹고 또 녹아

너의 발자국 또한 물이 되어 흐르겠지

괴로운 일

세상은 집니다

해가 지고, 꽃이 지고, 우리의 사랑이 지고

해가 지는 것은 괴로운 일이 아닙니다

나에게는 내일의 해가 있습니다

꽃이 지는 것도 괴로운 일이 아닙니다

나에게는 내세의 꽃이 있습니다

그렇기에 우리의 사랑이 진다는 것은

나에게 너무나도 괴로운 일입니다

너랑 나만은

사랑 받음에 있어서는 거리낌이 없고

사랑 함에 있어서는 숨김이 없고

사랑 줌에 있어서는 인색함이 없는

그런 사람이 되어야지

우리는 그런 사랑이 되어야지

가시지 않는 마음

나뭇잎에 맺혀 있는 이슬방울이

그대가 어제 흘린 눈물 같아서

아침에 지저귀는 새들의 노래가

미처 다 하지 못한 이야기 같아서

어젯밤 지나간 듯한 폭풍우는

여전히 내 안에서 휘몰아치고 있는가

두 번째 이름

봄이란 한때의 것

몇 개월을 채 가지 못한 채 사라지는 것

그럼에도 우리는 그 봄을

우리는 꽃잎이란 모습에 가려진 당신을

우리는 봄 향기 속에 배어 있는 당신을

기다리고

또 기다린다

긴긴 겨울이 지나 오는 당신은

눈만 맞추고 떠나가지만

그럼에도 우리는 그 봄을

기다리고

또 기다린다

한때여도 좋으니

잠시라도 좋으니

오고 가거라

봄이란 이름의 그대

세상 사는 이유

봄을 기다리는 꽃에게 말합니다

아이를 바라보는 부모에게 말합니다

사랑을 추억하는 낭인에게 말합니다

나는 희망이라고 말합니다

오지 않은, 함께하는, 이미 지난

이 모든 것이 희망이라고 말입니다

벗어 둔 안경

아플 때면

흐리게 보고 싶다

침대 끝에서 꿈틀거리는

누구의 발가락

탁자에 수북이 쌓인

이름 모를 책들

거실에 줄지어 서 있는

어제 마신 커피는

나에게 번지어 들어온다

이리저리 피어오른 오늘의 아지랑이는

조심히 모여 마음 한편을 밝히어 온다

다시 그렇게

너를 생각했다

사랑 애

나와 너의 차이는

오직 작대기 하나의 차이

그것은

나의 왼팔과 너의 오른팔

우리를 이어 주는 것은

꼭 맞잡은 두 개의 작은 손

벼밭

벼밭에서

난 해바라기가 되어 보려 한다

푸르른 잡초가 들어찬 이 땅 위에

누구는 열매를 지고

누구는 꽃잎을 피울까?

나는 언제까지 하늘을 볼 수 있을까?

소원은 평생을 이야기하는데

나를 에워싼 너희들은 아니라고 하는구나

푸른 하늘을 동경하는 나는

햇빛을 사랑하는 나는

해바라기가 되어 보려 한다

커다란 소망

오늘, 내가 네 마음속에 있었고

내일, 여전히 내가 네 마음속에 있다면

세상 바랄 것이 없다

너가 읽지 않을 것을 알기에

한 자 두 자 적어 본 나의 마음

솔직한 마음

낮말은 새가 듣고, 밤말은 쥐가 듣는다니

말이 아닌 글로 전하는 나의 마음

창피한 마음

부끄런 마음

수줍은 마음

너에게 보여 주기 무서워 숨어든 내가

발가벗은 채 살고 있는 이 종잇장만은

내 것임을 알기에

너가 읽지 않을 것을 알기에

그림 작가

사진보다는 그림이 좋습니다

눈이 아닌 마음에 있기에 그렇습니다

땅이 아닌 하늘에 있기에 그렇습니다

그러나 이는 서로가 등을 지고 있다는 뜻이 아닙니다

쉼 없는 화가는 끝없는 획들로

현실을 멋지게 칠해 놓기 때문입니다

하지 못한 그 말

기다림에 지친 그대가

말해 주었다면 어땠을까?

바위 턱에 걸터앉아

손이라도 잡았을까?

구름 보며, 냇물 보며

웃음이라도 지었을까?

이제는 모두 지난 이야기

나도 널 기다리었다는, 그런 후회 많은 이야기

정상 가는 길

새 우는 소리

바람 부는 소리도

내 숨소리에 비하면

있느니만 못하니

이는 매서운 산길 때문인가?

혹은 그대 때문인가?

살아간다는 것

앞을 보려니 지고 갈 것들이 많아서

뒤를 보자니 두고 온 것들이 아파서

오늘만을 살았다

한데 내일이 오늘 되고

오늘이 어제 되는 지금

나를 보니

일생 담은 하루를 살고 있더라

모조품

밤하늘을 보며 별을 헤아릴 듯이

베란다에서 자동차 빛을 바라봅니다

깜박이는 그 불빛은 별을 대신할 듯하지만

나는 다시 서러움 많은 생각뿐입니다

내가 꽃을 당신 보듯이 보는 것

그것 또한 같은 이유겠지요

나의 마음이 배고픔에 울어 보아도

나는 물 한 잔 건넬 뿐입니다

오늘도 꽃잎들은 마치 당신인 척 서 있습니다

노예 해방

더 이상 섬기지 않겠다고 결심하라

그러면 그대들은 자유롭다

그래! 더 이상 그녀를 섬기지 아니하리

라 보에시!

이제 나에게 자유를 주거라

섬기지 않는 나에게 자유를 선사해라

꿈

너무 오래 깨어 있었다

너와의 만남을 뒤로한 채

마음에 겨를이 없어

너를 잊고만 있었다

이제야 조금 괜찮아졌으니

얼굴 한번 보자꾸나

전부가 예쁘다

올곧은 나뭇가지

그런 것은 없습니다

저마다 바람 따라

조금씩 휘어 있지요

사람이라 한들 다르지 않습니다

너나 나나 매한가지랍니다

나는 그저 당신의 그런 모습마저

어여삐 생각할 뿐입니다

너가 읽지 않을 것을 알기에

1판 1쇄 발행 2024년 8월 1일

저자 인창

교정 주현강 **편집** 윤혜린 **마케팅·지원** 김혜지

펴낸곳 (주)하움출판사 **펴낸이** 문현광

이메일 haum1000@naver.com **홈페이지** haum.kr
블로그 blog.naver.com/haum1000 **인스타그램** @haum1007

ISBN 979-11-6440-650-0(03810)

좋은 책을 만들겠습니다.
하움출판사는 독자 여러분의 의견에 항상 귀 기울이고 있습니다.
파본은 구입처에서 교환해 드립니다.